JN040370

歌集 うすがみの銀河

鈴木加成太

角川書店

歌集　うすがみの銀河

鈴木加成太

角川書店

目次

装幀　南　一夫
カバー装画　川瀬巴水「別府乃朝」
出典　国立国会図書館「ＮＤＬイメージバンク」

歌集　うすがみの銀河

鈴木加成太

I

白馬のように

北窓の部屋はアトリエに好《よ》いと云う　果実の色に昏れるその部屋

靴あとがさかなの骨の化石めく小雨のエントランスをゆけば

せいねんを水死へ誘う眸《まみ》ほそき白馬のように春は来ている

かたわらに幻の画架組みながら花冷えの季に点すストーブ

ボールペンの解剖涼やかに終わり少年の発条《ばね》さらさらと鳴る

モビールに蝶ほどの風まつわりて白夜の国の家具売り場あり

旧校舎の窓ふいに割れ、浜風は木の標本を芽吹かせゆくと

しろつめ草の冠、月桂の冠となる二十代　風にまなざし乾く

燐寸擦るようにギターを弾き始め、もうやめている寝間着のきみは

簡潔なまひるの楽器くちぶえを吹くとき唇《くち》に寄るさくらの香

たしかに昔あったというが　丘の街に海市の地図を売る文具店

Summertime

浜辺に置く椅子には死者が座るという白詰草の冠をかむりて

ゆめ冷えてあるひるさがり楽想の囮となりて五線紙はあり

園丁の鋏しずくして吊られおり水界にも別の庭もつごとく

しろがねの梯子に百の素足ふれプールの水の綾へ降りゆく

少年が僕よりさきに恋を知るゆらりと地球儀をまわしつつ

冷蔵庫にトマトのスープ冷えて待つこの夏も活字工のしずけさ

蓋に森、胴にみずうみ　鏡なすグランドピアノは少女らのもの

ゆめみるように立方体は回りおり夏のはずれのかき氷機に

飛行士は夏雲の果てに睡り僕は目を覚ます水ぬるき夕べに

手花火の匂いをのこす水色のバケツに百合の花は浸りて

蟬の声は夜にはどこへ行くのだろう水辺の街に投函をせり

手放せば二度と戻らぬことの比喩ばかり祭りの夜をひしめく

吸いさしを風葬にして青年が街にくゆらすピースのけむり

月世界の紙幣を容れて父のギターなお弛みつつあり熱帯夜

白蛾灯

過去形のひつじ雲浮く　廃校のとても小さな椅子にすわれば

あきかぜのプールの底は鍵・銀貨・みなみのかんむり座などが沈み

ヘラジカの幽霊に遇う短篇の夜霧のはれるあたりを訳す

黒海の地図刷られいるキャリーケースを湖《うみ》へ沈めにゆくごとく持つ

白鳥の首のカーヴのあの感じ、細い手すりに手を添えている

白蛾灯というべき明かりにつつまれて夜霧の国の喫煙所あり

芳香剤の封のうちなるラベンダー畑は月に病む香をはなつ

夜空にも貸し会議室はあるだろう簡素な鍵をかたりとかけて

月夜、図書返却ポストの裏側のキリコの街を本すべりゆく

刃にふれし檸檬の匂う病室に少女は影とことばを交わす

未来都市つねに曲線ゆるやかに在りと、月夜にひらくＳＦ

盾盾盾盾盾盾と月光の木棚に冷えて立つ手榴弾

兵として佇《た》つ夢のなか地上へと錆びた梯子は垂れ下がりおり

天使しずかに翼をたたみつつありと、風は未明の樹に告げわたる

魔方陣

この町に雪は降りだす少年の描きさしの魔方陣に呼ばれて

ささやかな焚き火へ木屑足すように色鉛筆の香を削りおり

蠟燭に火は慄《ふる》えつつ　リア失冠の間にも控えていたはずの燦

狭霧あさぎり帽子屋町に老人と灰色の猫があいさつをする

雪に音階あるものならばいま高いシのあたり　熱い紅茶を淹れる

月光を挽くのこぎりの刃はむかし図工の部屋の冬の窓辺に

冬の薔薇浸せる水がうっすらとオフェリアの体温にちかづく

ブラインドが冬の日差しを刻むときふるえる標本箱の蝶たち

都市の蛾の賤の紋章・山の蛾の貴の紋章　夜のランプに集う

オーロラの中より低き口笛は聴こえると、樅の国の夜語り

その先は氷の海につづく音　夜半白鍵をのぼりつめれば

マクベスに予言、夜霧に鹿の角、僕には旧い冬のコートを

Ⅱ

初夏の教室

早朝のバス停で聴くジョン・レノン　こころの砂丘に雪降るごとし

空色の風吹き抜けてまた一人机に伏せる初夏の教室

ブラッドベリの名をつぶやけば火星より真赤き風の吹くゆうまぐれ

生前のわたしのような少年と淡き祭りの夜にすれちがう

八月の空に青葉のあお満ちて〈戦争は白黒ではない〉と気づく

放課後の踊り場に秋の陽はゆれて図書室までの真白き時間

他界という世界はいつの日も晴れてそこから来たというような雲

灯をともすものみな異国の詩を唱え表通りに冬がはじまる

ダイオードの林を抜けて息つけば銀河の果てまで続く星空

この街を出る　くじら雲・いわし雲・うみがめ雲のあとにつづいて

六畳の帆船

覚めぎわの夢の記憶のかたすみにふとかすみゆく青麦畑

鍵穴にふれれば鍵のつめたさに朝のひかりは来て反射する

カーテンが光と風を孕むとき帆船となる六畳の部屋

身体という水瓶に泳がせる鬱の金魚はいま夢のなか

白球は虚空へ向かう夕闇の少年ひとりを道連れとして

群青の夜の一陣の風として銀河を渡る野生馬の群れ

重力というやわらかさ　惑星と紙飛行機の浅き接触

碧瑠璃の瑪瑙の紫水晶の魚が泳ぐ　朝の雫に

身の奥にひかりの芯を閉じこめて林檎の聖歌隊の整列

土砂降りの街へくり出すやくざ猫・盗賊かもめ・刺青金魚

かなしみはどんと降り来てコサックの民話に浮かぶ星ひとつあり

立ち上がる一瞬野性を閃かせコンロに並ぶ十二の炎

乾葡萄のパン部屋にあり星の夜をむくっむくっとあたたかくする

5枚切り食パン・6枚切り食パン　五分の六拍子で朝が来る

自転車を漕ぐとき街は明るくてその明るさのひとつと思う

水晶橋南詰

「あ」の中に「め」の文字があり「め」の中に「の」の文字があり雨降りつづく

速弾きの音符のように燕の子そだつ商店街に雨来る

円柱の石きらきらと黴びながら水晶橋南詰五月雨

中之島図書館胎内雨の香に充ちそこに燕待つ女神像

階段は白くつやめき屋上の月夜と地下の寒さをつなぐ

プリントの裏紙で折るひこうきがＱの軌道を描いて落ちる

棕櫚の樹をはじめてしゅろと呼んだのはどんな浜風　窓ひらきつつ

透明なくらげ水槽見るときの瞳で話す　性愛のこと

漂流の過程で旗になりそうな夏雲色のTシャツを着る

扇風機の風いちまいを掛けて寝る流れ星あきらめた夜明けに

コカ・コーラのペットボトルのそれぞれに宇宙へ飛び出したがる癖あり

地下鉄のドアがどろんと閉じるときシナモンの香の風は入り来る

第九番惑星消えてビリヤードの卓は煙草の香染みるみどり

夜の下宿うすく冷えつつ湯沸かし器音の泉のように湧き立つ

「路」を「露」に「下」を「雫」に変えてゆくあめかんむりの雨季が来ている

革靴とスニーカー

アパートの脇に螺旋を描きつつ花冷えてゆく風の骨格

やわらかく世界に踏み入れるためのスニーカーには夜風の匂い

しっとりとスーツ取り出す昼過ぎの予報はずれの驟雨のように

着てみれば意外と柔らかいスーツ、意外と持ちにくい黒かばん

鉛筆でごく簡潔に描く地図の星のしるしのところへ向かう

水流も銀の電車もひとすじのさくらのわきを流れるひかり

一枚きりのスーツの上着かけるときパイプ椅子の背ぎッと嚙みそう

星屑を蹴散らしてゆく淋しさをひと晩で知り尽くす革靴

地平線焼き切るときの火の匂い　簡易珈琲のふくろをひらく

スニーカーひっくり返しきらきら星変奏曲の小石呼び出す

大学のすべてを知っている猫が思わぬところから現れる

二階建ての数式が０へ着くまでのうつくしい銀河系のよりみち

宇宙時間息づいている公式を黒板消しが粒子へ返す

楽章の終わりのような微熱もつ五限終わりの中庭を行く

夕焼けの浸水のなか立ち尽くすピアノにほそき三本の脚

水底にさす木洩れ日のしずけさに〈海〉の譜面をコピーしており

くらやみへ沈みゆく歯のよろこびをガトーショコラも羊羹ももつ

缶珈琲のタブ引き起こす一瞬にたちこめる湖水地方の夜霧

公園のベンチはぬるく値下がりの苺のような時間をつぶす

おそらくは機械仕掛けの公園と思う時計も水の流れも

思春期を囲うフェンスを悠々と越えてクロアゲハの逃避行

時間さえあればなんでもできるのか資料は増えて鞄は太る

白雲のすがたを借りて象たちのたましいの群れ南へ向かう

少年期への帰路を失くして見る窓に学生街をつつむ夕焼け

蛇口からぽたぽた垂れる水滴がラプソディ・イン・ブルー唄う雨の日

しんろしんろと来る自転車に尾を引いていた悲しみを撥ね飛ばされる

どんなにうまく傘をさしても容赦なくスーツを濡らす雨の散弾

凸の部分押して凹にし月の夜のバニラシェイクの蓋をいじめる

終電のあとの駅舎はしんかんとして月面の遺跡の香り

月面の夢を抜ければあかるくて手を切りそうな朝のカーテン

もう見ない資料をまとめ裂けやすきビニール紐の青さでくる

踊り場は身を翻すための場所　雨の湿りのスニーカー鳴る

四つの灯

黄金《きん》の鞍置くようにして来る秋へひとつの稿をたずさえ向かう

鍵穴に満ちているのは月の匂い、研究室のドアノブ冷えて

海はすべて川の引用　その川をさかのぼりゆく月下の鮎は

地下書庫の扉を押せば古い闇がガガーリンと音たてて閉まりぬ

仕送りに母がしのばす切り紙のもみじに残るうすい下書き

ニット帽にカメラをくるみ青年が目つむるみなとまでの列車に

きらきらと夕日を弾き飛ばしつつ車輪は冬の鉄路を渡る

湯の温度変えると風呂が喋りおり夕べの一つ星照る時刻

白鳥のつばさはたたむユーラシア語圏の風とその身熱と

ひと罵るとき母国語はうつくしい爆薬、チャイナタウンの冬に

路地裏の冬ひとりでに弾みつつボクサーが木枯しの腑を殴《う》つ

大理石に時の切り口・びいどろに風の残り香あり夜のホテル

子守唄のなかに微量の水銀はふくまれ雪のそら深みゆく

凜、というより淋。という音たてて蛍光灯が点く雪のよる

雪女消えひとつぶの星のこる村とはふるき火を隠す場所

夜汽車なら湖国へさしかかる時刻　研究室の四つの灯を消す

Ⅲ

火盗

貿易風第二番吹く　帆船時代迎えるまえの楽譜《スコア》のなかに

ポケットに昼星ひとつ忍ばせて帆柱《マスト》を下りてくる航海士

変声期ひと知れず終え少年の五線譜に無数のゆりかもめ

はつなつの水族館はひたひたと海の断面に指紋増えゆく

半券を栞に変えてあしおとの綺麗なひとが繰る貝図鑑

競泳のほそきレーンへつかのまの同心円の雨粒そそぐ

シャンデリア造りの指が醒めぎわに手繰り寄せたる雨垂れのおと

火を盗むならば夜汽車の深部より、風は帆船の白き胸より

太陽の国へサーカス還りゆく夜は星かげがまわす日時計

エッシャーの鳥やさかなとすれ違う地下鉄《メトロ》がふいに外へ出るとき

怪人帰りゆきたるごとくカーテンはまくれおり夜の風の校舎に

夜のぬるいプールの匂い満ちてくる人体模型の肺を外せば

ほたるぶくろに灯を容れて樹下に佇《た》つゆめの水先案内人は

二等車にモネの睡蓮　機関室にゴッホの向日葵　車掌のカフカ

浜風とオカリナ

扇風機の旋音ふいに止む刻をふと目覚めまたすぐにねむりき

街が海にうすくかたむく夜明けへと朝顔は千の巻き傘ひらく

樹々の産む風のさなかにオカリナを飛べない鳥として抱きおり

かがむときギターの面に髪のかげゆれて百合科の性の恋人

関節のやわらかさなど示し合う豆と穀物の食事のあとで

少女、少女ととけあう昼をアトリエに蝶より杳《くら》きもの通うかな

潮の香はまとわりつけり砂浜より白い珊瑚をくすねる指に

禁煙をしたらと何度でも言えり蔓薔薇の館出て風の坂

ウォークマンの光を貸せばそのひとが鞄の底に飴を見つける

何も知らず幸せだったという日々をあなたも持てり風の茉莉花

つけこめばあなたは許してくれただろう浜風に足ひらひらさせて

水に濡れたところの文字が溶けている手紙をひぐらしの夕に受け

尾ひれから黒いインクに変わりゆく金魚を夢で見たのだったか

香水の瓶をアルコールランプにして虹色の火を下ろしたいのだ

オレンジの断面花火のごと展《ひら》きあなたは分けてくれた不幸も

ひぐらし水晶

七夕笹を母と担いで帰りし日　うすがみの銀河がさらさらと鳴る

魚の眸の奥の水晶こりこりと食《は》みつつ昏れる陶のふるさと

祖父は僕が三歳のころ煙のようにいなくなった

劇中葬より抜け来しように黒き傘ひらく共産党員の祖父

レコードの針の炎《も》え立つまで祖父の聴かされし愛国歌や軍歌

シベリアの野に向日葵を焚きながら青年祖父の汽車は走ると

製図台の腕はたたまれ北向きの部屋にみじかき昼すぎてゆく

卓上にななないろにひかり砕きいる定規あり祖父の窓辺はしずか

パイナップルの缶に火傷の指冷ましおればさそり座の夏は遠のく

うすい羽根のかたちの罅が透けている氷が母の麦茶に浮かび

もう足のつかない深さまで夜は来ておりふうせんかずらの庭に

線香のしろきくずし字くゆりゆく祖母の仏間にくだものねむり

祖父の死後この世のほかのひぐらしのしんかんと夕べ「赤旗」届く

ふるさとの山が夜ごとに刷り出だすガリ版刷りの旧きほしぞら

手花火をまっすぐに持つやくそくは宵闇の祖父に教えられたり

Ⅳ

夜行と螢

就職活動をしていたころ、夜行バスで新宿から梅田まで帰る途中、潮騒のようなひぐらしの声で目を覚ましたことがある。

外は夜明けのうすあかりで、バスを降りた正面の森からその声は聞こえていた。休憩所の建物の中は自動販売機だけが明滅していて、そのほかのものにはビニールの布が掛けられていた。冷凍のショーケースの中にはしずかに霜が育っていた。何組かの老人がテラスのステンレス製の椅子に座っていた。

螺旋形の階段を上って屋上に出ると、そこから湖が見えた。それは琵琶湖であったようなのだけれど、地図で見たことのある琵琶湖の形ではなかった。

ひぐらしの声はずっと続いていた。その声は波打つ光のようでもあったし、細い弦を挽く音のようにも聞こえた。僕は建物を出て、短い草原を歩いてからバスに戻って眠った。

それから何度か夜行バスに乗って、またひぐらしの声を聞くのを楽しみにしていたのだけれど、再び同じ場所に着くことも、ひぐらしの声を聞くこともなかった。

椅子高き深夜のカフェに睡りゆく銀河監視員の孤独を真似て

蛍光の灯に銀粉を散らしつつエーミールの蛾棲む停留所

しろながすくぢらの息を吐きながら新宿の夜に着く夜行バス

ひい、ふう、みと螢数ふるやうにして夜行バス案内人の指さき

ひぐらしの声に目覚める　みづうみを遠く見下ろすＳＡ《サービスエリア》に

未完成交響曲「朝」奏すべく湖《うみ》に波紋といふ弦楽器

味爽のＳＡに星入りのサイダーを売る自販機ありき

石巻

一湾の隅を漁船はふちどれり紡錘形のランプささげて

牡蠣殻を波は洗へりひとの手をよごす仕事の世にいくつある

鯨肉を売るまちへ来て「復興」に「絶対」を足しし貼り紙は見ゆ

体育館に木彫の校歌掲げられをり。かの波の来るまへの「海」

廃校となりて校歌は消えゆかむ空に沈思の羊雲浮く

閉館ののちのプラネタリウムには少女のささめき声が宿ると

幻想曲《ファンタジア》・原子炉《リアクター》・三角洲《デルタ》・妄想症《パラノイア》・夢想郷《ユートピア》・牡蠣《オイスター》・流れ星《ミーティア》

漁港より乗り来し男月光におぼるるごとく椅子にねむれる

菊の文様

祖母の死を安く済まししし父のこの夜の饒舌はとどまらざりき

礼服の姉ゐるあたり線香のしろき梵語はくゆりてゆくも

紙風船の銀の唇《くち》より吹き込みし息の翳りを手にささへをり

くだものは祖母の死の辺に実りをり疲れし父のつかれ甘くして

母はこの死をふたつ経て来しと思ふわたしの居ないふたつの月夜

湯を汲めば茶碗に菊の文様は浮かび来ぬ陶の里の夜更けに

ぐすたふぐすたふと咳をしてゐし老犬の面影に柿冷ゆるふるさと

うす笑ひ閉ぢてはじめて父が泣く、泣き慣れぬ者のするやり方で

手塩にかけてといふその塩をもて式のひそかな余韻拭ひ去りたり

高音域

声変はりしてうたへなくなる曲の高音域にゐた夏の日々

受けるだけ風を集めてそのひとはあなたが代はりに進んでといふ

出逢はない方がよかつた好きだつたひとが哀しい帆になつてゆく

あなたはあなたへ光呼ぶ風ばかり恋ひ、ぼくはしあはせなど信じない

好意を証す手立て自滅のほかになき冬がありたりはひいろのふゆ

鉄砲百合のほそき銃身よこたへて置かれあり。卒業のピアノに

あなたと別れあなたに嘘をつくことのなくなりぬさくら葉桜のまち

風船の消失点にぼくが成すとても小さな上昇気流

きみとゐて苦しかりしよくるしさを無上のあをと呼び換へながら

本つくろひ　二〇一八年～二〇二〇年

さくら数ふるしごとある国にゐて終日本のつくろひをせり

本つくろひ終へてちらかる和紙片のさくらとちがふ軽さを持てり

性別がいろあひを決め花束はひかりあえかな午后に届くと

一億人より二円づついただきて花の季を職退きゆくひとよ

吊り革に百の手縊《くび》れつつ雨の永田町へと吐息は向かふ

〈死神〉と書ける途中か〈死ネ〉で終《しま》ひなのか手摺に刻まれてあり

天国は素足のままでいい場所かしめりし靴をゆびははづせり

文明はいまだ重油がつくりをり。タンカーのうすき腹が沖ゆく

ホワイトハウスに小さき映画館《シアター》はあるといふ権力が織るささやかな夜

狩りを密猟へおとしめたるは密猟者自身か　うらわかきピアノ鳴る

悪夢のごとき火をたづさへて炎昼の街にアスファルト敷く舗装工

蟬の死期ちかづく晩夏　残業に慣れてまづしき無理かさねをり

もつとつらいひとが世界ぢゆうにゐてしまふ、ぼろぼろの夜の涯《はて》の葦舟

生きるため積む金と死ぬために積む金　あをぞらの天秤ゆるる

世界が悲を母がちひさな団栗を呉れるのだやさしい子だからと言ひて

議事堂の脇のいちやうをかつ攫ひカモメ印のタクシーゆけり

火のごとく来るNovember革靴のまはりを枯葉たちが飾りて

すみやかに終《つひ》の処方は行はれたると、　昨夜の馬の訃報は

死刑とは忘るるためにする刑か歳晩の街に耳はひらめく

地下鉄に教祖の動画観てゐたる青年がＬＩＮＥで雨ですねと言ふ

眠るため昨夜《よべ》囲みてゐしYouTubeの焚火、顔なき二百万人と

老いてひとに警備のしごと残るとふ靴音おもき夜の防人

ひまらや杉ざわめく帰路にフェルメールの贋作のごとき月は照りをり

千年の雨　二〇二〇年〜二〇二二年

見とほしの甘さを誰もが言ふ春よ斑にをかされしバナナを買へり

経済を酒がまはして来しといふ都市よその吹き溜まりに月が

林檎の花をしみなく咲きこぼれゐるこの夜喝采の寒さおもへり

使はなかつた銃をかへしにゆくやうな雨の日木蓮の下をくぐりて

疫の世にほとけつくりし仏師の眼おもふしづかな雨に巻かれて

「最速の機能美」とふ名はるかぜの末端にゐて思《も》へり　しづかに

みんなそんなに勝ちたくて　麦畑の向かうクレーンの林立は見ゆ

綾波レイの如何なる死にも手を触れず僕ら冷ゆ白昼のシアタールームに

この都市が遺稿であらば避雷針は未来推量のごとくするどし

搔き消すためことばをつかふ日のをはり灯《ともし》に痺れ蛾がまはりゐる

ナイフ布でつよく拭へりひとおとしむるとき舌は暗くかがよふ

ガスコンロの昏き舌打ちが僕を待つゆふぐれ祝祭の街かへりきて

洗濯機の序破急の音を聴きゐたり乱るるところ越えて瀬のおと

かうもりのおほかたは残像にして埋み火いろのゆふぞらに増ゆ

薬局で買ひしゼリーは手の切るるほど透明にみかんが沈む

一〇〇円のゼリーがもてる透明の彼方、爆撃の夜は澄みはじむ

鉄パイプに凭れて白き曼珠沙華咲きをり。暴力が笑み有《も》つ国に

議事堂のめぐり無人格の夜となれば夜のＴＡＸＩは飛び交ひはじむ

正気、狂気と似通ふ秋よ地下鉄の風が推理小説《ミステリ》のページをめくる

けふよりあすへ疲労はほそき橋として架かる　その橋を渡りはじめつ

ペスト医師のごとき影もつ大鋏を木棚に置けば来る黄落期

落葉園まぶしき昼を歩みゆけばsacrificeといふ音《おん》を踏む

黄落に巻かるる遊動円木へ御意、御意と小禽のこゑふりやまず

仏師の眼ほとけとなりて千年の雨を見てゐるけふも疫の世

火の鳥は原子炉に棲むといふ嘘はるはまた巡り来るといふうそ

V

お辰宗旦

さくら夜桜芳一の耳召してくる若武者のごとき風とゆきあふ

丸窓の外《と》のはなざかり　燦然と春は来む絵島屋敷に僕に

きらめきて神楽の律を成す鈴は手首をかへすちからに鳴ると

水中を櫛ほどの骨ひらめかせ魚ゆけり祭り日の小川は

酸漿のかろき火炎に囚はれてあれは文章生のたましひ

風流は京のきつねの星まつり　碁好き宗旦・琴好きお辰

官吏　篁《たかむら》　冥府の井戸をくだる夜もすいと照らしてゐしほしあかり

冥府よりきたりて蟬は微々と鳴く一筆啓上右大臣殿

ランプの傘に鉄色の蛾は留まりをり翅に一文銭はみひらく

「菊花の約《ちぎり》」の客膳に鰤は在りたるか播磨の加古のひと待つをとこ

なで斬りの世の血まつりの後ろより来て濡れかかるさんさ時雨か

古民家の竈うすやみ近世のうまおひが金の火種をはじく

からすうり旧家の壁に晩秋の恨み火の繭として掛かりゐる

復讐といふ華やぎよ由良之助の腹にぬくとき鯉游ぐなり

異形は群るるほかなく候ひらひらと鉦叩きつつ夜風過ぎたり

加賀の国に夜の雪ありて黒羊羹「玄」ありといふ。夜笹寒笹

鮟鱇の口中濡れて鬼神さへ顔伏する歳晩の夜が過ぐるなり

椿の小粥

カーテンのレースを引けば唐草の刺繡に透けて今朝の雪ふる

ままごとの夕餉にきみがよそひたる椿の鰆、つばきの小粥

うさぎの眼朱く点りて春雷より死よりとほくの野を知らずゐる

消火器のΩ《オメガ》の栓はひとたびも抜かれず桜の校舎にありき

馬の死を琴に仕立つる民のこと聞きゐき風の音楽室に

詩のことば知らざりし日よ校庭にほそき一輪車を乗りこなし

一輪車左右《さう》に揺れつつもろき腕がつくる楡の木までの水平

捕虫網の網目が影にならぬ不思議みつめて樹下の少年たりき

チョロＱの捻子きりきりと巻きゐしはどくだみの香の雨の廊下に

コンパスの針しらかみにおとす手を支へてくれてゐし　あるてみす

笹といろがみ煙のやうにありて消ゆ市民図書館のほそきゆふべに

あさがほに花ひらき蝉がつばさ得る夜明けをこひびとは眠りゆく

あをぞらを往く夏雲のほそき櫂視えざれば午后ねむき図書室

校庭といふあをぞらの保護区にて砂色のピラミッド組みゐき

円陣の円に入れぬ少年のわたしが統べてゐしアキアカネ

ささやきで訊かれしことはささやきでかへせり凪の噴水広場

姉との婚うたがはざりし日よ小《ち》さき雪のうさぎに南天を嵌め

るのあある

刃より鋭く魚より冷えてゐる月がクレーンの先端に点れり

るのあるしやのあるしろのわあると東京の猫も恋する二月

夜行性の少女と嗜眠症の虎が向かひ合ふ星の下のＺｏｏにて

怪人がつくりし謎を探偵がいつくしむごと手を焙りをり

閉めても閉めてもまだドアがある。月蝕の夜を照るうさぎ小屋

ラッセンの月光は降る、薔薇園に眠りつづくる呪ひのやうに
海女マリア野の果て虹のいろくづを売るしづかなる御手は濡れつつ
納屋といふ古きうすやみ　その闇につめたくおもく梅の壜並ぶ

月光がつくる浮力と重力のあはひをうすばかげろふ発てり

釈迦・仏陀・釈迦・仏陀・釈迦月光界を大音響の四駆がゆけり

銀盆にひまはりの首級盛りて来る少女あれ夏空の画廊に

鈴虫の夜はおもへり錠も透くる硝子建築のなかの暮らしを
コヨーテがひとびとの世にもたらしし煙草が鳴らす暗いブルース
くちびる乾く秋となりつつやがて火に溶けむあしたの墵並ぶなり

孤独とふ字より狐をぬきだせば子と虫はあきかぜを抱きしむ

あきかぜのなか来てジョルジュ・スーラの馬スーホの白い馬すれちがふ

目薬を浴びし目玉がああうまいと言へり夜更けの猫の街にて

視るちから姉妹のやうに異なれる右目左目とぢてねむれり

少年は神を見初め、兵はふるさとを見捨てたりけふ二度目の驟雨

海の音を買ひに

海の音を買ひに来しiTunesに電子の金はかろやかに消ゆ

眠るまへの筋弓なりに伸ばしをりしんしんと月下の街かへり来て

撃つまへに呉るる祈りの時のやうな雨が信号を待つ間に降れり

紙といふ燃えてしまへる剃刀が切りたり指のうへの風紋

トウシューズ売場の味がすると思ふ姉の土産のふらんす菓子は

姉のことはもうわからない　しかしその眉薄き虹を姉と呼びたり

うらぶれたアパートは美《は》しき紫陽花の咲くならひ、朝ごとに見て過ぐ

彗星のかたちに罅の入りたる鏡を雨の夕に捨てたり

紅茶館に楽の音かすかいうれいの裾にまとはりつく冷気ほど

睡魔濃き昼　めくりゆく色見本にアリスブルーといふ青に逢ふ

洋燈にいつせいに灯の孵りゆく夕べ星粒ほどのパン買ふ

竹箒逆さに立てて収集車ゆけり。オルゴールの音を散らかしつ

落葉と雨詰まりゐるどぶ浚へばスコップが沙羅双樹と鳴れり

宇宙飛行士《アストロノオト》も宇宙へもちてゆきたりし食欲よ僕も飢ゑて秋ゆく

月面にも仮設トイレは一基あらむすさまじき秋の荒涼に肖て

レンブラント〈夜警〉の中に居たやうな椅子のうへ蝕の月は痩せゆく

風の街は指紋に指紋捺しかさねシグナルの灯をあをに変へたり

眼だけでする会釈のうつくしいひとと ゐたり真冬の榆に凭れて

とりかご

少年とふたり洗ふとりかご　成らざりしすべての楽を無へ還すごと

噴泉の底の銀貨を掻くしごとありや夜更けの水栓締めて

硝子展硝子に影のよりそふを見に来つみづからの影あはくして

漕ぐことは海を羽ばたくことなればギリシャの船の解体図美《は》し

革靴のうらの金文字かすれゆく日々を岸辺にスワンボート群れ

みづうみの端凍りつつ夜天より垂るるオリオンの釣り針は見ゆ

革靴でペダルを踏みしビル・エヴァンス活字摘むごときピアノの音聞こゆ

プラネタリウムに渡りの鳥を放つといふ実験を雨の日に思ひ出す

白鳥のための玉座をみづうみは保《も》つのか　春のまばゆき空位

鳥たちの星読行また月読行みどりなる夜のスープを掬ふ

舟も花籠　北欧の地によろこびをあはく咲かせて夏至来るといふ

ＰＭとＡＭの間のホームには湖底へ向かふ旅びとが立つ

遊覧船はかもめを連れて発ちゆけりみづうみの裾を岸と呼びつつ

あとがき

この本は、僕の第一歌集である。二〇一一年から二〇二二年まで、年齢としては十七歳から二十八歳までの間に作った三百四十七首を収めた。

第一章から第三章までには、二〇一一年から二〇二二年までに作った新仮名遣いの歌を収めた。第一章には、これまでに作った全ての歌の中から選んだ歌を再構成してまとめた。第二章では、短歌を作り始めた高校二年から、大阪で過ごした大学生活が終わるまでの、実生活を背景とした歌を時系列順に並べた。第三章には、歌の繋がりとそこから生まれる空間を強く意識して作った連作を収めた。なお、歌の素材は複数の記憶や経験から取っているため、事実と異なる部分もある。

第四章と第五章には、二〇一八年に就職を機に「かりん」に入会してからの、「かりん」誌に掲載された旧仮名遣いの歌を収めた。

新仮名遣いの歌と旧仮名遣いの歌を並行して作り始めたきっかけとしては、フラットな面の上に言葉を組み上げるそれまでの歌の作り方とは別の作り方を模索していたこと、新仮名遣いで詠ってきた柔らかな世界とは別に、社会や歴史に身を投じる表現にも取り組みたかったこと、三好達治の『測量船』や佐藤春夫の『佐藤春夫詩集』のような、韻律と散文、口語と文語など相反する文体がダイナミックに共存する作品に惹かれていたことなどがある。ただ、実感としては、歌自身が選び取った仮名遣いにそのまま従ったという感覚が強い。歌に天性の表記がある以上、仮名遣いの統一という作者の人為的な事情のためにそれを曲げることはできないと思ったのだ。

第四章には、連作として広く社会の風景を切り取ることを試みた歌を集めた。このうち、「本つくろひ　二〇一八年〜二〇二〇年」と「千年の雨　二〇二〇年〜二〇二二年」の二つは、社会人として生活を始めた都市の様相や、自国第一主義の台頭、新型コロナウイルスの感染拡大などの社会の変化を、その渦中で詠んだことを記録するため、具体的な期間を連作の題に印すこととした。第五章は、旧仮名遣いを用いることで書けるようになった歌を、その主題ごとにまとめたものだ。

歌集名の「うすがみの銀河」は、第三章の連作の中の一首から取った。幼稚園の七夕祭りで初めて笹飾りを目にしたとき、未知の甘く哀しい感覚が胸を打ったことを覚えている。

僕の詩の原風景の一つとして、ささやかな記念にこの語を選んだ。

　歌集の制作にあたっては、米川千嘉子様に全体にわたってお世話になった。歌の世界へ導いてくださった坂井修一先生をはじめ、東直子様、石川美南様に栞文をいただいたことは身に余る光栄である。高校の文芸部で出会った友人と先生方、大学短歌会の仲間たち、学生時代に出会った先輩方、そして「かりん」の皆様からは、多くのお励ましをいただいた。刊行に際しては、『短歌』編集部の矢野敦志編集長、打田翼様にご尽力をいただいた。また、装幀は南一夫様にお引き受けいただいた。ここに厚く御礼申し上げる次第である。

　家族のことはいつも懐かしく思っている。歌集の制作は贅沢な経験だったけれど、また静かで貧しい場所から、一から歌を作り始めたい。

二〇二二年九月

鈴木加成太

著者略歴

鈴木加成太（すずき　かなた）

一九九三年愛知県瀬戸市生まれ。大学在学中は大阪大学短歌会で活動。二〇一五年「革靴とスニーカー」五十首により第六十一回角川短歌賞受賞。二〇一八年大阪大学大学院文学研究科博士前期課程修了、専攻は日本近世文学。現在「かりん」所属。

歌集　うすがみの銀《ぎん》河《が》

かりん叢書第407篇

初版発行　2022年11月25日

著　者　鈴木加成太
発行者　石川一郎
発　行　公益財団法人 角川文化振興財団
〒359-0023　埼玉県所沢市東所沢和田3-31-3
ところざわサクラタウン 角川武蔵野ミュージアム
電話 050-1742-0634
https://www.kadokawa-zaidan.or.jp/
発　売　株式会社 KADOKAWA
〒102-8177　東京都千代田区富士見2-13-3
電話 0570-002-301（ナビダイヤル）
https://www.kadokawa.co.jp/
印刷製本　中央精版印刷株式会社

本書の無断複製（コピー、スキャン、デジタル化等）並びに無断複製物の譲渡及び配信は、著作権法上での例外を除き禁じられています。また、本書を代行業者等の第三者に依頼して複製する行為は、たとえ個人や家庭内での利用であっても一切認められておりません。

落丁・乱丁本はご面倒でも下記KADOKAWA購入窓口にご連絡下さい。

送料は小社負担でお取り替えいたします。古書店で購入したものについては、お取り替えできません。

電話 0570-002-008（土日祝日を除く 10時〜13時 / 14時〜17時）

©Kanata Suzuki 2022 Printed in Japan

ISBN978-4-04-884502-1 C0092